KB272593

천년의 잠

한 국 대 표
명 시 선
1 0 0

오 세 영

천년의 잠

시인생각

■ 시인의 말

　인간은 왜 사는가? 부질없는 질문인 것 같다. 그저 살기 위해 사는 까닭이다. 그렇지 않은가. 뜰에 핀 장미가, 강가에 서 있는 버드나무가, 산속의 소나무가, 전깃줄 위에서 우짖는 참새가 어디 무슨 이유가 있어서 사는가. 그저 살고 있으니 살 뿐이다. 어떤 목적이 있어서가 아니라 어떤 목적을 위해서가 아니라 그냥 산다. 그래서 목적이 아니고 존재라 한다.

　인간은 사랑하며 산다. 사랑하지 않고 사는 사람은 이 세상에 없다. 그런데 사랑은 언어를 통해서만이 가능하다. 사랑은 상대에 대한 인식과 이해 없이 이루어질 수 없기 때문이다. 인간은 어떻게 사는가? 우리는 또 이렇게 대답할 수도 있다. 인간은 생각하며 산다. 나는 생각한다. 고로 존재한다. 그런데 생각은 언어 없이 불가능하다. 언어가 즉 생각인 까닭이다. 그래서 성서에서도 인간은 빵이 아니라 말씀으로 산다고 하지 않았던가.

인간이 인간인 것은 언어를 가졌기 때문이다. 그러므로 훌륭한 인간은 가장 진실하고, 가장 아름답고, 가장 가치 있고, 가장 고귀한 언어를 창조할 줄 아는 자이다. 칸트가, 하이데거가 시인을 인간을 넘어서 신의 다음 자리에 앉힌 이유가 여기에 있다. 그러므로 모든 존재가 도구로 전락해버린 이 시대의 마지막 보루인 시여, 언어의 꽃이여, 그대에게 축복이 있을진저!

2012년 9월 5일

오 세 영

2

1

너를 찾는다

바람이라 이름한다.
이미 사라지고 없는 것들,
무엇이라 호명呼名해도 다시는 대답하지 않을 것들을 향해
이제 바람이라 불러본다.
바람이여,
내 귀를 멀게 했던 그 가녀린 음성,
격정의 회오리로 몰아쳐 와 내 가슴을 울게 했던 그
젖은 목소리는 지금 어디 있는가.
때로는 산들바람에, 때로는 돌개바람에, 아니
때로는 거친 폭풍에 실려
아득히 지평선을 타고 넘던 너의 적막한 뒷모습, 그리고
애잔한 범종梵鐘 소리, 낙엽소리, 내 귀를 난타하던 피아노 건반
그 광상곡狂想曲의 긴 여운.
어느 먼 변경 척박한 들녘에 뿌리내려
민들레, 쑥부쟁이, 개망초 아니면 씀바귀 꽃으로 피어났는가.
말해다오.
강물이라 이름한다.
이미 잊혀진 것들,
그래서 무엇이라 아예 호명조차 할 수 없는 것들을 향해
이제 강물이라 불러본다.

강물이여,
한때 내 눈을 멀게 했던 네 뜨거운 시선,
열망의 타오르는 불꽃으로 내 육신을 황홀하게 달구던
그 눈빛은
지금 어디에 있는가.
때로는 여울에, 때로는 급류에, 아니 때로는
도도히 밀려가는 홍수에 실려
아득히 수평선을 가물가물 넘어가던 너의
쓸쓸한 이마. 그리고
어디선가 꽃잎이 지는 소리, 파도소리, 철썩이는 잔물결의 여운.
어느 먼 외방의 썰렁한 갯벌에 떠밀려
뭍을 향해 언제나 귀를 쫑긋 열고 살아야만 하는가.
해파리, 민조개, 백합 아니
온종일 휘파람으로 울다 지친 소라.
말해다오.
구름이라 이름한다.
이미 돌이킬 수 없는 것들,
무엇이라 호명해도 다시 이룰 수 없는 형상들을 향해 나는
이제 구름이라 불러본다.
구름이여,

한때 내 맑은 영혼의 하늘에 푸른 그늘을 드리우던
오색 빛 채운彩雲,
그 빛나던 무지개는 지금 어디 있는가.
때로는 별빛에 실려, 달빛, 아니 어스름한 어느 저녁 답,
스러지는 한 조각 노을에 실려
아득히 먼 허공으로 희부옇게 사라지던 너의 그
두 빈 어깨, 그리고
어디선가 내리치는 마른번개, 스산하게 흔들리는 나뭇잎소리,
잔기침 소리.
어느 먼 이역의 하늘로 불려 가
흩뿌리는 싸락눈, 진눈깨비 아니
동토凍土에 떨어져 나뒹구는 우박이 되었는가.
말해다오.
너를 찾는다. 바람이라는 이름으로
강물이라는, 구름이라는 이름으로
너를 부른다.

해 저무는 가을 저녁
찰랑대는 강가의 시든 풀밭에 홀로
망연히 앉아.

원시遠視

멀리 있는 것은
아름답다.
무지개나 별이나 벼랑에 피는 꽃이나
멀리 있는 것은
손에 닿을 수 없는 까닭에
아름답다.
사랑하는 사람아,
이별을 서러워하지 마라.
내 나이의 이별이란
헤어지는 일이 아니라 단지
멀어지는 일일 뿐이다.
네가 보낸 마지막 편지를 읽기 위해선
이제
돋보기가 필요한 나이,
늙는다는 것은
사랑하는 사람을 멀리 보낸다는
것이다.
머얼리서 바라다볼 줄을
안다는 것이다.

먼 후일

먼 항구에 배를 대듯이
나 이제 아무 데서나
쉬어야겠다.
동백꽃 없어도 좋으리.
해당화 없어도 좋으리.
흐린 수평선 너머 아득한 봄 하늘 다시
바라보지 않아도 된다면……
먼 항구에 배를 대듯이
나 이제 아무나와
그리움 풀어야겠다.
갈매기 없어도 좋으리.
동박새 없어도 좋으리.
은빛 가물거리는 파도 너머 지는 노을 다시
바라보지 않아도 된다면……
가까운 포구가 아니라
먼 항구에 배를 대듯이
먼 후일 먼 하늘에 배를 대듯이.

푸르른 하늘을 위하여

— 피가 잘 돌아… 아무 병도 없으면 가시내야 슬픈
일도 슬픈 일도 있어야겠다. <서정주>

사랑아,
너는 항상 행복해서만은 안 된다.
마른 가지 끝에 하늬바람 불어
푸르게 열린 하늘,
그 하늘을 보기 위해선
조금은 슬픈 일도 있어야 한다.
굽이쳐 흐르는 강,
분분히 지는 낙화,
먼 산등성에 외로 서 문득 뒤돌아보는
늙은 사슴의 맑은 눈.
달더냐.
수밀도 고운 살 속 눈먼 한 마리 벌레처럼
붉은 입술을 하고서 사랑아,
아른아른 피던 봄 안개는,
여름내 쩡쩡 울던 먹구름 속의 천둥은
이미 지평선 너머 사라졌는데
하늬바람 불어
푸르게 열리는 그 하늘을 위해선 사랑아,
조금은 슬픈 일도 있어야 한다.

이별의 날에

이제는 붙들지 않을란다.
너는 복사꽃처럼 져서
저무는 봄 강물 위에 하염없이 날려도 좋다. 아니면
어느 이별의 날에
네 뺨을 타고 흐르던 눈물의 흔적처럼
고운 아지랑이 되어 푸른 하늘을 아른거려도 좋다.
갇혀 있는 영원은 영원이 아니므로
금속 테에 갇힌 보석 또한
진정한 보석이 아닌 것,
아무래도
네 손가락에 끼워준 반지에는
영원이 있을 성싶지 않다. 그러므로
네 찬란한 금강석의 테두리에 우리 더 이상 서로를
가두지 말자.
이제 붙들지 않을란다.
너는 복사꽃처럼 져서
저무는 봄 강물 위에 하롱하롱 날려도 좋다. 아니면
어느 이별의 날에
네 뺨을 적시던 눈물의 흔적처럼
고운 아지랑이 되어 푸른 하늘을 어른거려도 좋다.

태평양엔 비 내리고

너를 보았다.
샌프란시스코에서, 산호세에서
무심히 인파 속으로 사라지는
너를 보았다.
서울의 공항에서,
하얗게 하얗게 손을 흔드는
네 얼굴은 보이지 않고,
이耳, 목目, 구口, 비鼻,
눈썹의 이슬은 보이지 않고
하얗게 하얗게 흔드는 손만이
안개 속으로 흐려지는
태평양엔 비가 내리고,
너를 보았다.
망초꽃 언덕 너머 사라지는
하얀 나비.

오오, 너의 것이냐.
문득 창밖에 어리는 그림자 하나,
불현듯 토방에 내려서니
빈 뜰엔 가득히 달빛만 차다.

이슬 함초롬히 받고 선
자정의
분꽃.

너를 꿈꾼 밤.

바람의 노래

바람 소리였던가.
돌아보면
길섶의 동자童子꽃 하나,
물소리였던가.
돌아보면
여울 가 조약돌 하나,
들리는 건 분명 네 목소린데
돌아보면 너는 어디에도 없고
아무 데도 없는 네가 또 아무 데나 있는
가을 산 해질녘은
울고 싶어라.
내 귀에 짚이는 건 네 목소린데
돌아보면 세상은
갈바람 소리.
갈바람에 흩날리는
나뭇잎 소리.

라일락 그늘에 앉아

맑은 날,
네 편지를 들면
아프도록 눈이 부시고
흐린 날,
네 편지를 들면
서럽도록 눈이 어둡다.
아무래도 보이질 않는구나.
네가 보낸 편지의 마지막
한 줄,
무슨 말을 썼을까.

오늘은
햇빛이 푸르른 날,
라일락 그늘에 앉아
네 편지를 읽는다.
흐린 시야엔 바람이 불고
꽃잎은 분분히 흩날리는데
무슨 말을 썼을까.
날리는 꽃잎에 가려
끝내
읽지 못한 마지막 그
한 줄.

왜 비켜가지 않는가

꽃 피는구나.
살구꽃, 복사꽃, 앵두꽃, 치자꽃…….
비껴가지 않고
꽃은 왜 울안까지 들어와서 피는가.
운두령雲頭嶺 너머 자하동紫霞洞 지나 먼 바닷가,
막지 마. 막지 마.
차오르는 보름사리 밀물 때문일까.
검은들 지나 소리재 너머 먼 하늘가,
잡지 마. 잡지 마.
부푸는 영등靈登 할미 바람 때문일까.
먼 바다 처녀 볼에 분홍물 들고
먼 하늘 사내 심줄 굵어지는데
사립 닫고 벽 바라기
어두운 눈.
먹물 장삼에도 꽃빛 어리어
천지는 온통 깔깔깔 웃음판인데
꽃이 피다니
꽃은 왜 비켜가지 않고 이처럼
울안까지 들어와서 피는가.

하늘의 시

어스름 깔리는 마당귀에는
감꽃만 수북이 떨어져 있었다.
사립 밖엔 한나절
물 나는 소리.
윤사월 조금날 썰물이 길어
바다가 빈 개펄 드러내듯이
아, 나도
가진 것이라곤 시의 묘망한 하늘뿐,
너를 두고 한세상 살아왔다.
애비 없이 태어난 나는
에미도 일찍 잃어
세 살에 든 열병을 아직도 고치지 못한 채
이마는 항상 뜨겁기만 하다.
내 시의 먼 하늘, 노을에 맺힌 그 이슬이
밤바다에 반짝이는 별이 될 수 없음을
나 너로 인해 비로소 알았으니
이제 더 이상 속지 않으리라.
네가 가고 또 그로 하여 시詩마저 버린다면
이 세상 슬퍼할 그 무엇이 아직
남아 있으리.

당신의 피리

나는 당신의
피리인지 모릅니다.
당신의 부드러운 손길이 내 육신을 애무할 때마다
이, 목, 구, 비……
다섯 개의 구멍에서
솟아나는 음률.
푸르른 봄날 당신이
강 언덕에 앉아 피리를 불면
나는 아지랑이 되어
이 세상의 꽃봉오리들을 터뜨리고,
쓸쓸한 가을날 당신이
산언덕에 앉아서 피리를 불면
나는 갈바람이 되어
이 지상의 나뭇잎들을 떨어뜨리고,
나는 꿈꾸는 허공,
텅 빈 구멍,
당신의 피리인지 모릅니다.
아니 당신의
피리랍니다.

천년의 잠

강변의 저 수많은 돌들 중에서
당신이 집어 지금
손 안에 든 돌.
어떤 돌은
화암사禾嚴寺 중창 미타전彌陀殿의 셋째 기둥 주춧돌로
놓이기를 바라고,
어떤 돌은
어느 시인의 서재 한 귀퉁이에 나붓이 앉아
시가 씌어지지 않는 밤, 그의 빈 원고지 칸을 지키기를
바라고,
또 어떤 돌은
어느 순결한 죽음 앞에 서서 만대萬代의 의義를 그의 붉은
가슴에 새기기를 바라지만
아, 나는 다만 당신이
물수제비뜨듯 또다시 강가에 나를
팽개치지 않기만을……
아무도 깨워주지 않은 천년의 잠은
죽음보다 더 잔인할지니
흙 위에 엎드려 잠들기보다는
급류 속의 일개

징검다리가 되리라.
그러므로 님이여, 장난삼아 던질 양이면 차라리
거친 물살에 던지시라.
그리하여 먼 후일 당신이 다시 찾아오시는 날,
나는 즐겨 내 몸을 당신 앞에 바치리니
당신은 주저 말고 내 등을
밟고 건너시기를.

2

이별의 말

설령 그것이
마지막의 말이 된다 하더라도
기다려 달라는 말은 헤어지자는 말보다
얼마나
아름다운가.
이별은 말로 하는 것이 아니라
눈으로 하는 것이다.
"안녕",
손을 내미는 그의 눈에
어리는 꽃잎.
한때 격정으로 휘몰아치던 나의 사랑은
이제 꽃잎으로 지고 있다.
이별은 봄에도 오는 것,
우리의 슬픈 가을은 아직도 멀다.
기다려 달라고 말해다오.
설령 그것이
마지막의 말이 된다 하더라도,

그리움에 지치거든

그리움에 지치거든
나의 사람아,
등꽃 푸른 그늘 아래 앉아
한 잔의 차茶를 들자.
들끓는 격정은 자고
지금은
평형을 지키는 불의 물,
청자 찻잔에 고인 하늘은
구름 한 점 없구나.
누가 사랑을 열병이라 했던가.
들뜬 꽃잎에 내리는 이슬처럼
마른 입술을 적시는 한 모금의 물.
기다림에 지치거든
나의 사람아,
등꽃 푸른 그늘 아래 앉아
한 잔의 차를 들자.

그리운 이 그리워

그리운 이 그리워
마음 둘 곳 없는 봄날엔
홀로 어디론가 떠나 버리자.
사람들은
행선지가 확실한 티켓을 들고
부지런히 역구를 빠져나가고
또 들어오고,
이별과 만남의 격정으로
눈물짓는데
방금 도착한 저 열차는
먼 남쪽 푸른 바닷가에서 온
완행.
실어 온 동백꽃잎들을
축제처럼 역두에 뿌리고 떠난다.
나도 과거로 가는 차표를 끊고
저 열차를 타면
어제의 어제를 달려서
잃어버린 사랑을 만날 수 있을까.
그리운 이 그리워
문득 타 보는 완행열차.
그 차창에 어리는 봄날의
우수.

나무처럼

나무가 나무끼리 어울려 살듯
우리도 그렇게
살 일이다.
가지와 가지가 손목을 잡고
긴 추위를 견디어 내듯

나무가 맑은 하늘을 우러러 살듯
우리도 그렇게
살 일이다.
잎과 잎들이 가슴을 열고
고운 햇살을 받아 안듯

나무가 비바람 속에서 크듯
우리도 그렇게
클 일이다.
대지에 깊숙이 내린 뿌리로
사나운 태풍 앞에 당당히 서듯

나무가 스스로 철을 분별할 줄을 알듯
우리도 그렇게

살 일이다.
꽃과 잎이 피고 질 때를
그 스스로 물러설 때를 알 듯

바닷가에서

사는 길이 높고 가파르거든
바닷가
하얗게 부서지는 파도를 보아라.
아래로 아래로 흐르는 물이
하나 되어 가득히 차오르는 수평선,
스스로 자신을 낮추는 자가 얻는 평안이
거기 있다.

사는 길이 어둡고 막막하거든
바닷가
아득히 지는 일몰을 보아라.
어둠 속에서 어둠 속으로 고이는 빛이
마침내 밝히는 여명,
스스로 자신을 포기하는 자가 얻는 충족이
거기 있다.

사는 길이 슬프고 외롭거든
바닷가,
가물가물 멀리 떠 있는 섬을 보아라.
홀로 견디는 것은 순결한 것,

멀리 있는 것은 아름다운 것,
스스로 자신을 감내하는 자의 의지가
거기 있다.

설화雪花

꽃나무만 꽃을 피우지 않는다는 것은
겨울의 마른 나뭇가지에 핀 설화雪花를
보면 안다.
누구나 한 생애를 건너
뜨거운 피를 맑게 승화시키면
마침내 꽃이 되는 법,
욕심과
미움과
애련을 버려
한 발 재껴 디딜 수 없는
혹독한 겨울, 그 추위의 절정에
홀로 한 그루 메마른 나목裸木으로 서면
내 청춘의 비린 살은 꽃잎이 되고,
굳은 뼈는 꽃술이 되고,
탁한 피는 향기가 되어
새 파란 하늘을 호올로 안느니.
꽃나무만 꽃을 피우지 않는다는 것은
겨울의 마른 나뭇가지에 핀 설화를
보면 안다.

열매

세상의 열매들은 왜 모두
둥글어야 하는가.
가시나무도 향기로운 그의 탱자만은 둥글다.

땅으로 땅으로 파고드는 뿌리는
날카롭지만,
하늘로 하늘로 뻗어 가는 가지는
뾰족하지만
스스로 익어 떨어질 줄 아는 열매는
모가 나지 않는다.

덥석
한입에 물어 깨무는
탐스런 한 알의 능금.
먹는 자의 이빨은 예리하지만
먹히는 능금은 부드럽다.

그대는 아는가.
모든 생성하는 존재는 둥글다는 것을
스스로 먹힐 줄 아는 열매는
모가 나지 않는다는 것을.

겨울 노래

산자락 덮고 잔들
산이겠느냐.
산그늘 지고 산들
산이겠느냐.
산이 산인들 또 어쩌겠느냐.
아침마다 우짖던 산까치도
간데없고
저녁마다 문살 긁던 다람쥐도
온 데 없다.
길 끝나 산에 들어섰기로
그들은 또 어디 갔단 말이냐.
어제는 온종일 진눈깨비 뿌리더니
오늘은 하루 종일 내리는 폭설暴雪.
빈 하늘 빈 가지엔
홍시紅柿 하나 떨 뿐인데
어제는 온종일 난蘭을 치고
오늘은 하루 종일 물소릴 들었다.
산이 산인들 또
어쩌겠느냐.

기다림

지난봄 새순 말려 띄운
작설雀舌을
늦가을 해거름에 비로소 뜯네.
기다려도 올 이 없는 산 중 삶인데
고이고이 간직해온 심사는 뭘까.
뒤뜰엔 산수유山茱萸 열매가 붉어
메꿩 몇 마리 부리 쪼는데
찌르레기 샘물 찍어 하늘 바래듯
늦가을 홀로 앉아 차를 마시네.
기다려도 올 이 없는 외진 산방山房에
가을 산과 대좌하여 드는 작설은
지난봄 이슬에 젖은 찻잎이
오늘은 서릿발에
향기도 차네.

들꽃

젊은 날엔 저 멀리 푸른 하늘이
가슴 설레도록 좋았으나
지금은 내 사는 곳 흙의 향기가
온몸 가득히 황홀케 한다.

그때 그 눈부신 햇살 아래선
보이지 않던 들꽃이여.

흙냄새 아련하게 그리워짐은
내 육신 흙 되는 날 가까운 탓.
들꽃 애틋하게 사랑스럼은
내 영혼 이슬 되기 가까운 탓.

나를 지우고

산에서
산과 더불어 산다는 것은
산이 된다는 것이다.
나무가 나무를 지우면
숲이 되고,
숲이 숲을 지우면
산이 되고,
산에서
산과 벗하여 산다는 것은
나를 지우는 일이다.
나를 지운다는 것은 곧
너를 지운다는 것.
밤새
그리움을 살라 먹고 피는
초롱꽃처럼
이슬이 이슬을 지우면
안개가 되고,
안개가 안개를 지우면
푸른 하늘이 되듯
산에서
산과 더불어 산다는 것은
나를 지우는 일이다.

우화등선 羽化登仙

무릇 꽃이 져야
열매를 맺나니
없음은 있음의 어머니 아니겠느냐?
가을 되어 내 오늘
싱그런 복숭아 한 알을 입에 깨물며
져버린 봄날의 도화꽃잎들을 생각한다.
그때 그 꽃잎들은 어디 갔을까.
하롱하롱 흩날려 어디 갔을까.
무無로 가는 길은 날아서만 가는 길,
죽음은 결코 걸어가지 않는다.
그러므로 이제 내 알았노라.
아하, 우화등선!
그 어두운 땅속에서 수년 동안 좌선하던 굼벵이
날개 달아 어디론가 날아갔나니
한여름 맴맴 시끄럽게 울어쌌던 그 과수원이
오늘은 적요하기만 하다.
끝의 끝은 시작이 아니던가.
무릇 열매 떨어져 또한
새 꽃을 피우나니.

3

생生이란

타박타박 들길을 간다.
자갈밭 틈새 호올로 타오르는
들꽃 같은 것,

절뚝절뚝 사막을 걷는다.
모래바람 흐린 허공에
살풋 내비치는 별빛 같은 것,

헤적헤적 강을 건넌다.
안개, 물안개, 갈대가 서걱인다.
대안對岸에 버려야 할 뗏목 같은 것,

쉬엄쉬엄 고개를 오른다.
영嶺 너머 어두워지는 겨울 하늘
스러지는 노을 같은 것,

불꽃이라고 한다.
이슬이라고 한다.
바람에 날리는 흙먼지라 한다.

어머니

나의 일곱 살 적 어머니는
하얀 목련꽃이셨다.
눈부신 봄 한낮 적막하게
빈집을 지키는,

나의 열네 살 적 어머니는
연분홍 봉선화꽃이셨다.
저무는 여름 하오 울 밑에서
눈물을 적시는,

나의 스물한 살 적 어머니는
노오란 국화꽃이셨다.
어두운 가을 저녁 홀로
등불을 켜 드는,

그녀의 육신을 묻고 돌아선
나의 스물아홉 살,
어머니는 이제 별이고 바람이셨다.
내 이마에 잔잔히 흐르는
흰 구름이셨다.

어떤 날

실비 내려
냉이 새순 초록 물들고
촉촉이 젖은 풀 섶 구멍에선
꽃뱀 하나 실눈을 뜨고,

실비 내려
씀바귀, 엉겅퀴 가시 세우고
실개천 마른 여울 푸르게 피
도는 날.

어이할 거나 초록 제비야,
자갈밭에 엎어진
돌쩌귀 하나.
어이할 거나 초록 꽃뱀아,
진흙창에 모로 누운
돌미륵 하나.

보석

그것을 불러 보석이라 이름한다.
햇빛에
눈부신 그 반짝거림,
강변 모래 언덕에
사금파리 하나 반쯤 묻혀 있다.
보석이란 가장 소중한 마음을 이르는 것이려니
우리 어린 날
네게 바친 이 순수한 영혼의 징표보다
더 아름답고 고귀한 것이 이 세상 또
어디에 있으랴.
깨진 것은 모두 보석이 된다.
한때 값진 도자기였을지라도,
한때 투박한 사발이었을지라도,
그것은 한낱
장에 갇힌 그릇일 뿐.
깨지는 것은
완전한 자유에 이른 까닭에
보석이 된다.
그 봄날의 풀꽃 반지도
그 강변의 모래성도

지금은 모두 강물에 씻겨갔지만
우리들의 강 언덕엔
눈부신 보석 하나
푸른 하늘을 지키고 있다.
영원처럼……

꿈꾸는 병

소녀는 질병을 앓았다.
기울어진 햇빛 속에서
아프리카를 생각하고 있었다.
뜨거운 열사의 지평을 달리는
한 마리 사자,
소녀는 사랑을 꿈꾸었다.
잠 못 드는 밤엔
세계의 끝에서 숨 쉬는
에프엠을 듣고
병든 지구에 내리는 빗물처럼
울 줄도 알았다.
러브 스토리를 읽으며
인생과 예술이 술잔 속에서
페시미즘에 젖는 것을 보았다.
한 마리 사자가 낮잠을 자는
아프리카 해안의 부서지는
푸른 파도.
소녀는 두려워하지 않았다.
다가오는 죽음을,
다만 하나의 희망이

어떻게 이 지상에 잠드는 것인가를
보고 싶었다.
어둠이 내리는 거리
사람들이 각기 등불을 켜들 때도
소녀는 꿈을 꾸고 있었다.
꿈속으로 꿈속으로
가라앉고 있었다.

피는 꽃이 지는 꽃을 만나듯

8월은
오르는 길을 잠시 멈추고
산등성 마루턱에 앉아
한 번쯤 온 길을
뒤돌아보게 만드는 달이다.
발아래 까마득히 도시가,
도시엔 인간이,
인간에겐 삶과 죽음이 있을 터인데
보이는 것은 다만 파아란 대지,
하늘을 향해 굽이도는 강과
꿈꾸는 들이 있을 뿐이다.
정상은 아직도 먼데
참으로 험한 길을 걸어왔다.
벼랑을 끼고 계곡을 넘어서
가까스로 발을 디딘 난코스,
8월은
산등성 마루턱에 앉아
한 번쯤 하늘을 쳐다보게 만드는
달이다.
오르기에 급급하여

오로지 땅만 보고 살아온 반평생,
과장에서 차장으로 차장에서 부장으로
아, 나는 지금 어디메쯤 서 있는가.
어디서나 항상 하늘은 푸르고
흰 구름은 하염없이 흐르기만 하는데
우러르면
먼
별들의 마을에서 보내오는 손짓,
그러나 지상의 인간은
오늘도 손으로
지폐를 세고 있구나.
8월은
오르는 길을 멈추고 한 번쯤
돌아가는 길을 생각하게 만드는
달이다.
피는 꽃이 지는 꽃을 만나듯
가는 파도가 오는 파도를 만나듯
인생이란 가는 것이 또한
오는 것.
풀 섶엔 산나리, 초롱꽃이 한창인데

세상은 온통 초록으로 법석이는데
8월은
정상에 오르기 전, 한 번쯤
녹음에 지쳐 단풍이 드는
가을 산을 생각케 하는 달이다.

법法에 대하여

법이란
냉장고의 칸막이 같은 것,
김치와 우유가,
육류와 젓갈이 행여 섞이지 않도록
해야 할 일과 해서는 안 될 일을,
좋아할 일과 좋아해선 안 될 일을
칸칸이
구분해서 설합에 넣어두고
언제나 분수를 지키도록 감시하는……
그러나 일상은 쉬이 부패하기 쉬우므로
항상 차가워야 하나니
누가 그랬던가.
법은 얼음 같아서
냉철한 이성이 아니면 날이 서지 않는다고……
그래도
냉장고는 알리라.
뜨거운 전류가 또한
차가운 얼음을 만든다는 것을.

모순矛盾의 흙

흙이 되기 위하여
흙으로 빚어진 그릇
언제인가 접시는
깨진다.

생애의 영광을 잔치하는
순간에
바싹
깨지는 그릇,
인간은 한번
죽는다.

물로 반죽 되고 불에 그슬려서
비로소 살아 있는 흙,
누구나 인간은
한 번쯤 물에 젖고
불에 탄다.

하나의 접시가 되리라.
깨어져서 완성되는

저 절대의 파멸이 있다면,

흙이 되기 위하여
흙으로 빚어진
모순의 그릇.

그릇

깨진 그릇은
칼날이 된다.

절제와 균형의 중심에서
빗나간 힘,
부서진 원은 모를 세우고
이성의 차가운
눈을 뜨게 한다.

맹목盲目의 사랑을 노리는
사금파리여,
지금 나는 맨발이다.
베어지기를 기다리는
살이다.
상처 깊숙이서 성숙하는 혼魂.

깨진 그릇은
칼날이 된다.
무엇이나 깨진 것은
칼이 된다.

사랑의 방식

얼릴 수만 있다면
불은 아마도 꽃이 될 것이다.
끓어오르는 불길을
싸늘하게 얼리는 튤립.
불은 가슴으로 사랑하지만
얼음은 눈빛으로 사랑한다.
어찌할거나.
슬프도록 화려한 이 봄날에
나는 열병에 걸렸어라.
추위에 떨면서도 달아오르는
내 투명한 이성理性,
꽃은 결코 꺾어서는 안 되는 까닭에
눈빛으로 사랑해야 한다.
밤새 열병으로 맑아진
내 시선 앞에
싸늘하게 타오르는 한 떨기 튤립.

사랑의 묘약妙藥

비누는
스스로 풀어질 줄 안다.
자신을 허물어야 결국 남도
허물어짐을 아는 까닭에

오래될수록 굳는
옷의 때,
세탁이든 세수든
굳어버린 이념은
유액질의 부드러운 애무로써만
풀어진다.

섬세한 감정의 올을 하나씩 붙들고
전신으로 애무하는 비누,
그 사랑의 묘약妙藥.

비누는 결코
자신을 고집하지 않은 까닭에
이념보다 큰 사랑을 안다.

은산철벽銀山鐵壁

까치 한 마리
미루나무 높은 가지 끝에 앉아
새파랗게 얼어붙은 겨울 하늘을
엿보고 있다.
은산철벽銀山鐵壁,
어떻게 깨트리고 오를 것인가.
문 열어라, 하늘아.
바위도 벼락 맞아 깨진 틈새에서만
난초 꽃 대궁을 밀어 올린다.
문 열어라, 하늘아.

4

기러기 행군

하늘 전광판電光板에
문자 뉴스 몇 줄 떠오르며 스쳐 간다.
겨울 전선戰線 급속히 남하 중,
지나가던 허수아비들이
일제히 멈춰 서서 허공을
바라보고 있다.

천문대

하늘나라 백화점은
도시가 아니라 한적한 시골에 있다.
온 하늘 찌든 스모그를 벗어나,
광란하는 네온 불빛들을 벗어나
청정한 산 그 우람한 봉우리에 개점한
매장.

하늘나라 백화점은 연말연시가 아니라
대기 맑은 가을밤이 대목이다.
아아, 쏟아지는 은하수.
별들의 바겐세일.
부모의 손목을 잡은 채 아이들은 저마다 가슴에
하나씩 별을 품고
문을 나선다.

피항避港

명절날
거실에 모여 즐겁게 다과茶菓를 드는
온 가족의 단란한 웃음소리.
가즈런히 놓인 현관의 빈 신발들이
코를 마주 대한 채
쫑긋
귀를 열고 있다.

내항內港의 부두에
일렬로 정연히 밧줄에 묶여
일제히 뭍을 돌아다보고 서 있는 빈 선박들의
용골.
잠시 먼 바다의 파랑을 피하는 그
잔잔한 흔들림.

나침반

'?' 표를 하고
호수의 오리 가족 한 떼 분주히 발을 놀려
수면 위를 헤엄친다.
한 놈, 두 놈 차례로 자맥질도 한다.
무엇을 찾고 있을까.
어제
밤하늘을 날다가 실수로 떨어뜨린
그 나침반인지도 몰라.

일몰 日沒

온종일 지구를 끌다가
저물녘
지평선에 누워 비로소
안식에 든 산맥.

하루의 노역을 마치고
평화롭게
짚 바닥에 쓰러져 홀로 되새김질하는
소잔등의
처연하게 부드러운 능선이여.

푸른 스커트의 지퍼

농부는
대지의 성감대가 어디 있는지를
잘 안다.
욕망에 들뜬 열을 가누지 못해
가쁜 숨을 몰아쉬기조차 힘든 어느 봄날,
농부는 과감하게 대지를 쓰러뜨리고
쟁기로
그녀의 푸른 스커트의 지퍼를 연다.
아, 눈부시게 드러나는
분홍빛 속살.
삽과 괭이의 그 음탕한 애무, 그리고
벌린 땅속으로 흘리는 몇 알의 씨앗.
대지는 잠시 전율한다.
맨몸으로 누워 있는 그녀 곁에서
일어나 땀을 닦는 농부의 그 황홀한 노동,
그는 이미
대지가 언제 출산의 기쁨을 가질까를 안다.
그의 튼실한 남근이 또
언제 일어설지를 안다.

표절

그믐밤 하늘엔
반짝반짝 빛나는 수천수만 별들의
대 군중집회.

은하댐 건설 반대!

같은 날 밤 지상엔
손에 손에 등불을 밝혀든 수십만 인파의
야간 촛불 대 시위.

사대강사업 반대!

월식

누가 하늘 벽을 넘어
지구를 탈출했을까.

일시에 꺼져버린 초소의
탐조등 불빛,
교도소 안은 온통 칠흑 같은
어둠이다.

개 짖는 소리만 요란하다.

갯벌

국경이 잠깐 열렸다.

갑자기 생기 도는 장바닥의
게, 소라, 조개, 백합 거기다가
뛰는 짱뚱어, 기는 낙지까지……
각자 이고, 지고, 들고 온 상품들의 밀매매로
시장은 활기가 차다.

물 나간 사이,
깜짝
육지와 바다의 중립지대에서 벌어지는
변경 무역.
생존의 그 소란스러운 아귀다툼.

음악

잎이 지면
겨울나무들은 이내
악기樂器가 된다.
하늘에 걸린 음표에 맞춰
바람의 손끝에서 우는
악기.

나무만은 아니다.
계곡의 물소리를 들어보아라.
얼음장 밑으로 공명하면서
바위에 부딪혀 흐르는 물도
음악이다.

윗가지에서는 고음이,
아랫가지에서는 저음이 울리는 나무는
현악기,
큰 바위에서는 강음이
작은 바위에서는 약음이 울리는 계곡은
관악기.

오늘처럼
천지天地에 흰 눈이 하얗게 내려
그리운 이의 모습이 지워진 날은
창가에 기대어 음악을
듣자.

감동은 눈으로 오기보다
귀로 오는 것,
겨울은 청각聽覺으로 떠오르는 무지개다.

서울은 불바다 1

적 일개 군단
남쪽 해안선에 상륙,
전령이 떨어지자 갑자기 소란스러워지는
전선戰線.
참호에서, 지하 벙커에서
녹색 군복의 병정들은 일제히 하늘을 향해
총구를 곧추세운다.
발사!
소총, 기관총, 곡사포, 각종 총신과 포신에
붙는 불,
지상의 나무들은 다투어 꽃들을 쏘아 올린다.
개나리, 매화, 진달래, 동백……
그 현란한 꽃들의 전쟁.
적기敵機다!
서울의 영공에 돌연 내습하는 한 무리의
벌 떼!
요격하는 미사일.
그 하얀 연기 속에서
구름처럼 피어오르는 벚꽃.
봄은 전쟁인가,

서울을 불바다로 만든
이 봄의 핵 투하.

봄은 전쟁처럼

산천山川은 지뢰밭인가.
봄이 밟고 간 땅마다 온통
지뢰의 폭발로 수라장이다.
대지를 뚫고 솟아오른, 푸르고 붉은
꽃과 풀과 나무의 여린 새싹들.
전선엔 하얀 연기 피어오르고
아지랑이 손짓을 신호로
은폐 중인 다람쥐, 너구리, 고슴도치, 꽃뱀……
일제히 참호를 뛰쳐나온다.
한 치의 땅, 한 뼘의 하늘을 점령하기 위한
격돌,
그 무참한 생존을 위하여

봄은 잠깐의 휴전을 파기하고 다시
전쟁의 포문을 연다.

5

1월

1월이 색깔이라면
아마도 흰색일 게다.
아직 채색되지 않은
신神의 캔버스,
산도 희고 강물도 희고
꿈꾸는 짐승 같은
내 영혼의 이마도 희고,

1월이 음악이라면
속삭이는 저음일 게다.
아직 트이지 않은
신神의 발성법發聲法.
가지 끝에서, 풀잎 끝에서,
내 영혼의 현絃 끝에서
바람은 설레고,

1월이 말씀이라면
어머니의 부드러운 육성일 게다.
유년의 꿈길에서
문득 들려오는 그녀의 질책,

아가, 일어나거라.
벌써 해가 떴단다.

아, 1월은
침묵으로 맞이하는
눈부신 함성.

2월

‘벌써’라는 말이
2월처럼 잘 어울리는 달은 아마
없을 것이다.
새해맞이가 엊그제 같은데
벌써 2월,
지나치지 말고 오늘은
뜰의 매화 가지를 살펴보아라.
항상 비어 있던 그 자리에
어느덧 벙글고 있는
꽃.
세계는
부르는 이름 앞에서만 존재를
드러내 밝힌다.
외출을 하려다 말고 돌아와
문득
털외투를 벗는 2월은
현상이 결코 본질일 수 없음을
보여주는 달.
‘벌써’라는 말이
2월만큼 잘 어울리는 달은 아마
없을 것이다.

3월

흐르는 계곡물에
귀 기울이면
3월은
겨울옷을 빨래하는 여인네의
방망이질 소리로 오는 것 같다.

만발한 진달래꽃 숲에
귀 기울이면
3월은
운동장에서 뛰노는 아이들의
함성으로 오는 것 같다.

새순을 움 틔우는 대지에
귀 기울이면
3월은
아가의 젖 빠는 소리로
오는 것 같다.

아아, 눈 부신 태양을 향해
연녹색 잎들이 손짓하는 달, 3월은

그날, 아우내 장터에서 외치던
만세 소리로 오는 것 같다.

4월

언제 우렛소리 그쳤던가,
문득 내다보면
4월이 거기 있어라.
우르르 우르르
빈 가슴 울리던 격정은 자고
언제 먹구름 개었던가.
문득 내다보면
푸르게 빛나는 강물.
4월은 거기 있어라.
젊은 날은 또 얼마나 괴로웠던가.
열병의 뜨거운 입술이
꽃잎으로 벙그는 4월.
눈 뜨면 문득
너는 한 송이 목련인 것을,
누가 이별을 서럽다고 했던가.
우르르 우르르 빈 가슴 울리던 격정은 자고
돌아보면 문득
사방은 눈부시게 푸르른 강물.

5월

어떻게 하라는
말씀입니까.
부신 초록으로 두 눈 머는데
진한 향기로 숨 막히는데
마약처럼 황홀하게 타오르는
육신을 붙들고
나는 어떻게 하라는
말씀입니까.
아아, 살아 있는 것도 죄스러운
푸르디푸른 이 봄날,
그리움에 지친 장미는 끝내
가시를 품었습니다.
먼 하늘가에 서서 당신은
자꾸만 손짓을 하고.

6월

바람은 꽃향기의 길이고
꽃향기는 그리움의 길인데
내겐 길이 없습니다.
밤꽃이 저렇게 무시로 향기를 쏟는 날,
나는 숲속에서 길을 잃었습니다.
님의 체취에
그만 정신이 아득해졌기 때문입니다.
강물은 꽃잎의 길이고
꽃잎은 기다림의 길인데
내겐 길이 없습니다.
개구리가 저렇게
푸른 울음 우는 밤.
나는 들녘에서 길을 잃었습니다.
님의 말씀에
그만 정신이 황홀해졌기 때문입니다.
숲은 숲더러 길이라 하고
들은 들더러 길이라는데
눈먼 나는 아아,
어디로 가야 하나요.
녹음도 지치면 타오르는 불길인 것을,

숨 막힐 듯, 숨 막힐 듯 푸른 연기 헤치고
나는 어디로 가야 하나요.
강물은 강물로 흐르는데
바람은 바람으로 흐르는데.

7월

— 샤를르 보들레르에게

바다는 무녀巫女
휘말리는 치마폭,

바다는 광녀狂女
산발散髮한 머리칼,

바다는 처녀處女
푸르른 이마,

바다는 희녀戱女
꿈꾸는 눈,

7월이 오면 바다로 가고 싶어라,
바다에 가서

미친 여인의 설레는 가슴에
안기고 싶어라.

바다는 짐승,
눈에 비친 푸른 그림자.

8월

8월은 분별을
일깨워 주는 달이다.
사랑에 빠져
철없이 입맞춤하던 꽃들이
화상을 입고 돌아온 한낮,
우리는 안다.
태양이 우리만의 것이 아님을,
저 눈부신 하늘이
절망이 될 수도 있음을,
누구나 홀로
태양을 안은 자는
상철 입는다.
쓰린 아픔 속에서만 눈뜨는
성숙,
노오랗게 타 버린 가슴을 안고
나무는 나무끼리
풀잎은 풀잎끼리
비로소 시력을 되찾는다.
8월은
태양이 왜,

황도黃道에만 머무는 것인가를
가장 확실하게
가르쳐 주는 달.

9월

코스모스는
왜 들길에서만 피는 것일까.
아스팔트가
인간으로 가는 길이라면
들길은 하늘로 가는 길.
코스모스 들길에서는 문득
죽은 누이를 만날 것만 같다.
피는 꽃이 지는 꽃을 만나듯
9월은 그렇게
삶과 죽음이 지나치는 달.
코스모스 꽃잎에서는 항상
하늘 냄새가 난다.
문득 고개를 들면
벌써 엷어지기 시작하는 햇살.
태양은 황도에서 이미 기울었는데
코스모스는 왜
꽃이 지는 계절에 피는 것일까.
사랑이 기다림에 앞서듯
기다림은 성숙에 앞서는 것,
코스모스 피어나듯 9월은
그렇게
하늘이 열리는 달이다.

10월

무언가 잃어 간다는 것은
하나씩 성숙해 간다는 것이다.
지금은 더 이상 잃을 것이 없는 때,
돌아보면 문득
나 홀로 남아 있다.
그리움에 목마르던 봄날 저녁
분분히 지던 꽃잎은 얼마나 슬펐던가.
욕정으로 타오르던 여름 한낮
화상 입은 잎새들은 또 얼마나 아팠던가.
그러나 지금은 더 이상 잃을 것이 없는 때,
이 지상에는
외로운 목숨 하나 걸려 있을 뿐이다.
낙과落果여,
네 마지막의 투신을 슬퍼하지 마라.
마지막의 이별이란 이미 이별이 아닌 것
빛과 향이 어울린 또 한 번의 만남인 것을,
우리는
하나의 아름다운 이별을 갖기 위해서
오늘도
잃어 가는 연습을 해야 한다.

11월

지금은 태양이 낮게 뜨는 계절,
돌아보면
다들 떠나갔구나.
제 있을 꽃자리,
제 있을 잎자리,
빈들을 지키는 건 갈대뿐이다.
상강霜降.
서릿발 차가운 칼날 앞에서
꽃은 꽃끼리, 잎은 잎끼리
맨땅에
스스로 목숨을 던지지만
갈대는 호올로 빈 하늘을 우러러
시대를 통곡한다.
시들어 썩기보다
말라 부서지기를 택하는 그의
인동忍冬,
갈대는
목숨들이 가장 낮은 땅을 찾아
몸을 눕힐 때
오히려 하늘을 향해 선다.
해를 받든다.

12월

불꽃처럼 남김없이 사라져 간다는 것은
얼마나 아름다운 일인가.
스스로 선택한 어둠을 위해서
마지막 그 빛이 꺼질 때,

유성처럼 소리 없이 이 지상에 깊이 잠든다는 것은
얼마나 아름다운 일인가.
허무를 위해서 꿈이
찬란하게 무너져 내릴 때,

젊은 날을 쓸쓸히 돌이키는 눈이여,
안쓰러 마라.
생애의 가장 어두운 날 저녁에
사랑은 성숙하는 것.

화안히 밝아 오는 어둠 속으로
시간의 마지막 심지가 연소할 때,
눈 떠라,
절망의 그 빛나는 눈.

시로써 무엇인가 할 수 있다면

오 세 영

1

저는 일찍이 시詩란 신神이 없는 종교라고 말한 적이 있습니다.(졸저 「나의 시 나의 삶」, 『시의 길, 시인의 길』) 그것은 시와 일반 종교가 한편으로는 서로 공통되면서도 다른 한편으로는 상반하는 측면이 있다는 사실을 지적하기 위해서였습니다. 이 양자의 공통성이란 시와 종교 모두 이성(과학)으로써는 해결할 수 없는 문제를 해결하고자 노력한다는 점이며 이 양자의 상반성이란 그럼에도 불구하고 종교는 이를 전적으로 신이라는 어떤 절대자에 의지해서 이루려 하지만 시의 경우는 어디까지나 인간의 자유의지를 존중하는 차원에서 이루려 한다는 점입니다.

물론 여기에는 몇 가지 전제되는 문제들이 있습니다. 첫째 유신론자들의 입장에서 볼 때 인간은 신의 창조물이므로 인간의 자유의지 역시 궁극적으로는 신의 산물이며 그런 까닭에 신이 부재하는 문학 혹은 신을 부정하는 문학이란 근본적으로 있을 수 없다(신을 부정하는 행위조차도 신의 뜻에 속하는 영역이므로)는 주장이고, 둘째 인간이 향유할 수 있는 '자유의지' 가운데는 신을 부정하는 '자유'가 있을 수도 있는 것과 똑같이 신의 실재를 믿을 수 있는 '자유'도 있는 까닭에 인간의 자유의지를 존중한다 해서 시가 지향하는 세계가 전적으로 신의 존재를 부정하는 것만은 아니라는 주장이며, 셋째는 신의 존재를 부정하는 사람이 있든 없든 현실적으로 신을 믿는 사람들에겐 신의 존재를 전제로 한 문학이 있을 수 있고 또 지금까지 있어왔다는 주장입니다. 이와 같은 견해에 대해서는 다음과 같이 말씀드리겠습니다.

우선 첫째 주장은 그들(유신론자)의 입장에서 옳습니다. 그러나 이 세상에는 무신론자들도 많이 있는 까닭에 이를 인류보편적인 생각이라고 말할 수는 없습니다. 극단적인 예로 신을 부정하고 있는 공산주의 사회나 마르크스주의 비평에 있어서도 시 혹은 문학은 건재하였습니다. 두 번째의 주장 역시 마찬가지입니다. 자유의지로서 신을 부정하는 사람이 그의 시에서 신을 부정할 수 있는 것과 똑같이 자유의지로서 신을 믿는 사람 역시 그의 문학을 신에 종속시킬 수 있는 자유가 허락되어야 하기 때문입니다. 다만 한 가지 지적할 것이 있습니다. 적어도 시가 신을 긍정할 수도, 부정할 수도 있는 권리를 가져야 한다는 주장이, 시는 절대적으로 신에 종속되어야 한다는 주장보다는 더 보편적이라는 사실입니다. 전자의 경우는 후자의 입장을 상대적으로 수용하고 있으나 후자의 경우는 — 현실적으로 그 같은 입장을 지닌 다수의 사람들이 존재하고 있음에도 불구하고 — 전자를 절대적으로 배척하고 있기 때문입니다. 셋째의 주장은 설명의 필요가 없습니다. 역사적, 현실적으로 사실(가령 유럽의 중세문학) 그 자체이기 때문입니다.

그러므로 이 세상에는 각 개인의 인생관에 따라 시를 신 즉 종교에 종속시키는 시인도 있을 것이며 종교를 초월하는 시인도 있을 것입니다. 그러한 관점에서 제가 '제게 있어서 시는 신이 없는 종교'라고 말했을 때 이는 공인된 문학의 어떤 보편적인 명제를 이야기한 것이라기보다 분명 제 자신의 시론을 공표한 것이라고 할 수 있습니다. 그러나 논의를 보다 확장하자면 꼭 그렇지만은 않을 것입니다. 최소한 저를 포함해서 모든 무신론적 세계관을 지닌 사람들, 비록 유신론적 종교를 믿는 사람들이라 할지라도 종교와 문학을 구분해서 생각하는 사람들, 19세기에 들어 신의 죽음이 선언된 이후, 오늘의 문명사적 의미를 받아들인 모든 사람들에겐 누구나 통용될 수 있는 문학관이라고 생각합니다. 그것은 이 명제가 참다운 문학이란 무엇인가 하는 문제와 관련되어 있기 때문입니다.

참다운 문학이란 무엇인가. 이는 이 한정된 지면에서 간단히 해명될 수도, 이 글의 목적에 부합되지도 않는 명제이므로 여기서는 논외로 하겠습니다. 그러나 한 가지 분명한 것은 그 어떤 문학도 본질적으로 인간을 인간답게 혹은 가치 있게 함양하는데 기여하지 않는다면 참다운 문학이 될 수는 없다는 것과 이를 위해서는 그 무엇보다 기존의 이념이나 지배 가치를 포함하여 모든 과거적인 것으로부터의 해방된, 시인의 자유로운 사고와 상상력 없이는 불가능하다는 사실입니다. 왜냐하면 유한한 존재, 불완전한 존재인 까닭에 이 세상에서 인간이 만든 그 어떤 것도 완전할 수는 없기 때문입니다. 과거 인류가 — 오늘의 마르크시즘이나 여러 가지 유형의 종교적 신념을 포함해서 — 창안한 이념이나 사상치고 완전한 것은 없었습니다. 예컨대 설령 그것을 믿는 사람들의 편에 서서 어떤 특정한 종교적 성전聖典을 신의 말씀으로 받아들인다 하더라도 그 성전의 해석은 역시 전적으로 인간의 몫이었습니다. 따라서 바람직한 인간 발전을 위해서라면 우리는 항상 그것을 비판, 감시하고 또 극복하는 노력을 기울여야 합니다. 그리고 이 역할을 맡은 자가 시인입니다. 우리가 문학 행위를 창작이라 하고 문학의 본질이 자유에 있다고 말하는 이유도 여기에 있습니다. 다 아는 바와 같이 오늘의 서구어로 시의 어원인, 그리스어 'poesis'는 원래 '만든다' 혹은 '제작한다'는 뜻이지만 여기에는 잠재적으로 '자유'라는 의미가 내포되어 있습니다. 진정한 의미의 제작은 자유 없이 이루어질 수 없기 때문입니다.

이렇듯 문학의 본질은 자유에 있습니다. 앞서도 지적했듯 자유가 없이는 그 어떤 것도 진정한 창작은 불가능하고 진정한 창작이 없이는 과거의 그 어떤 미숙성도 극복할 수 없기 때문입니다. 그런데 진정한 자유란 무엇입니까. 그것은 문자 그대로 — 물론 어느 수준의 윤리적인 책임은 필히 따라야 하겠으나 — 그 어디에도 구속되지 않음을 의미합니다. 시가 이념이나 이데올로기로부터 자유스러워야 하는 이유, 나아가 어떤 절대적 신념이나 신과 같은 존재로부터 자유스러워야 하는 이유가 여기에 있습니다.

2

　그러나 비록 시에서 신의 존재를 추방한다 하더라도 시란 결코 과학이 될 수는 없습니다. 그는(산문보다도 특히 시는) 본질적으로 종교적인 세계를 지향해야 합니다. 그것은 과학이 부분적 진리(partial truth)를 추구하는 가치임에 비해서 시는 총체적 진리(whole truth)를 추구하는 가치인데 이는 본질적으로 종교의 영역에 속하는 문제이기 때문입니다.

　부분적 진리란 한 마디로 논리적인 진리를 뜻하는 말입니다. 그것은 어디까지나 하나는 하나이며 둘은 둘이라는 진실입니다. 하나 보태기 하나는 둘이며 둘 보태기 둘은 넷일 뿐입니다. 그러한 관점에서 죽음은 죽음이고 삶은 삶이며, 가는 것은 가는 것이며, 오는 것은 오는 것, 비극은 비극이며 희극은 희극입니다. 이는 이 세계를 이성에 바탕을 두고 이해하는 데서 비롯하는 진실이기 때문입니다. 그러한 관점에서 모든 과학적 진실은 본질적으로 이 이성에 바탕을 둔 부분적 진실이라 할 수 있습니다. 만일 하나 보태기 하나가 둘이 아니라 하나가 된다면 그것을 어찌 과학이라 할 수 있겠습니까. 과학 — 수학의 관점에서 그것은 '거짓'일 따름이지요. 따라서 이 같은 부분적 진실의 추구는 결코 시가 될 수 없습니다.

　그렇다면 시가 될 수 있는 진실은 어떤 진실입니까 그것은 물론 과학으로서 만은 해결할 수 없는 인간 삶의 진실 즉 과학의 한계성이나 불완전성을 극복할 뿐만 아니라 과학이 저지르는 오류를 바로잡는 어떤 본질적인 진실이어야 합니다. 따라서 그것은 당연히 과학의 논리성을 초월한 모순의 진실 즉 총체적인 진실일 수밖에 없습니다. 그것은 감성 ― 최소한 이성과 감성이 하나로 통합된 진실을 뜻합니다. 즉 일상적인 질서에서는 대립되고 적대적인 가치들이 하나로 조화 통일된 진실입니다. 그것이 그럴 수밖에 없는 것은 인간의 삶 그 자체가 그렇기 때문입니다. 이 세상에 태어나고 죽는 것, 누굴 사랑하고 미워하는 것, 아니 삶 그 자체가 어디 논리와 이성대로 되는 것입니까.

이렇듯 우리의 삶은 부분적 진실 즉 과학적 진실을 뛰어넘어 그 자체가 모순이 되는 어떤 총체적 진실의 영역에도 주거하고 있습니다. 아니 부분적 진실보다는 오히려 이 총체적 진실의 지배를 받고 있다고 말하는 것이 더 자연스럽습니다. 하나 보태기 하나는 둘이 되는 진실이 아니라 하나 보태기 하나가 하나가 될 수도 있는 진실입니다. 예컨대 내게 만년필이 하나 있는데 누군가로부터 만년필을 하나 선물받았다면 그것은 당연히 두 개가 되겠지요. 이와 같은 진실을 우리는 부분적 진리라고 합니다. 그러나 관점을 바꾸어한 처녀가 한 청년을 사랑해서 결혼을 하게 된 사건을 두고 이야기하자면 이에 내재한 진실은 분명 하나 보태기 하나는 둘이면서 동시에 하나가 되는 모순을 지니고 있습니다. 부부夫婦는 일심동체一心同體라는 말이 있듯 진정한 부부란 한 마음 한 몸체가 되어야 하기 때문입니다. 이는 모순의 진실 즉 총체적 진실이 지배하는 영역에 속하는 문제입니다.

이와 같은 총체적 진실의 관점에선 비극은 그 자체가 희극일 수 있으며, 죽음은 곧 삶이 될 수 있으며, 가는 행위는

곧바로 오는 행위가 될 수도 있습니다. 예컨대 소위 새옹지마塞翁之馬로 일컬어지는 고사나, 누구든 죽는 자는 살게 되며 나중 된 자가 처음 된다는 그리스도의 가르침과 같은 것들이 그것을 웅변해줍니다. 불교에서도 소위 팔불중도八不中道라 하여 죽음과 삶이 한가지이며, 찰라와 영원이 한가지이며, 가는 것과 오는 것이 한가지이며, 하나(一)와 여럿(多)이 한가지라 합니다. 이렇듯 인간의 삶을 지배하는 진리에는 부분적인 것도 있으며 총체적인 것도 있습니다. 그러나 보다 본질적인 것을 들라 한다면 말할 것도 없이 총체적 진리이겠지요. 부분적 진리는 삶의 편의성에 국한되지만 총체적 진리는 삶의 본질 그 자체를 지배하고 있기 때문입니다. 물론 한 가지 예를 들어 과학적 진리의 결과로 안락한 주거 시설에 사는 것도 중요합니다. 그러나 그렇다고 해서 그것이 곧 행복을 가져다주는 것은 아닙니다. 태어나고 죽는다든가, 살되 어떻게 살면 가치 있게 사는가 등 보다 근원적인 문제들이 해결되어야 행복합니다. 고대광실 화려한 저택에서 사는 사람보다도 쓰러져 가는 오막살이에서 사는 사람이, 고도의 문명을 누리는 현대인보다도 원시의 자연 속에 사는 사람들이 더 행복할 수 있다는 것은 우리는 여러 가지 사례에서 찾아볼 수 있습니다.

그렇다면 왜 이 세계에는 이렇듯 두 가지 종류의 진실이 존재하게 되었을까요. 그것은 이 세계를 바라보는 두 가지 유형의 패러다임에 의해서 비롯한 것입니다. 하나는 이 세계를 하나의 전체성으로 바라보는 패러다임이며 다른 하나는 이 세계를 그 구성하고 있는 각 부분적인 측면으로 바라보는 패러다임입니다. 그런 까닭에 전자의 경우 그 파악된 진실은 모순에, 후자는 논리에 토대할 수밖에 없지요. 전체를 구성하는 각개 부분은 논리적이지만 그것이 이루어놓은 전체는 모순의 조화 속에 존재하기 때문입니다. 원래 이 세계란 모순으로 구성되어 있습니다. 가령 삶과 죽음은 한 존재를 구성하는 두 요소이며 사랑과 증오 역시 마찬가지입니다. 삶이 있으므로 죽음이 있는 것이며 누구를 사랑하고 있는 까닭에 그 결과로 또 미워하는 일이 생기게 됩니다. 물리적인 실재의 경우 역시 마찬가지입니다. 위가 있으면 아래가 있고 앞이 있으면 뒤가 있는 것 아닙니까. 그러므로 우리가 세계를 구성하는 그 각 부분의 관점에서 바라볼 때 진실은 논리적입니다. 앞은 항상 앞이며 뒤는 항상 뒤이고 죽음은 항상 죽음이며 삶은 항상 삶입니다. 그러나 이 각 부분이 구성하는 전체를 놓고 볼 경우 이 세계는 모순으로 존재합니다. 죽음과 삶이 한가지이며 앞과 뒤가 한가지인 것입니다. 서울에서 뉴욕으로 가는 비행기는 그저 간다고 말할 수 있으나 서울에서 뜬 비행기가 어떤 목적지 없이 계속 동쪽으로 항진한다면 그것은 가는 것이자 오는 행위입니다. 동쪽으로 계속 가면 결국 다시 서울로 돌아오기 때문이지요.

시와 종교는 이렇듯 과학으로 해결할 수 없는 삶의 어떤 총체적 진실을 탐구하는 인간 정신의 노력입니다. 그러한 관점에서 그들은 적어도 과학에 대응해서는 같은 세계를 지향하는 가치들이라 할 수 있습니다. 그러나 시와 종교는 분명 다릅니다. 앞장에서 제가 언급했듯 시는 신의 존재에 구속되지 않지만 종교는 본질적으로 신[만일 실재로서의 신

106

(Dieu)을 전제하지 않을 경우 최소한 신성성(Divinité)이 전제되어야 하겠지요.]을 통해 그 문제를 해결하고자 하기 때문입니다. 그런 까닭에 시를 신에 귀속시키고자 하는 문학이 있다면 그것은 바로 문학의 독자성을 포기한 문학 곧 종교 그 자체가 되어버립니다. 이제 여러분들은 이 글의 서두에서 왜 제가 제게 있어서 시는 신이 없는 종교라고 말했던가 그 의도를 이해하실 수 있으리라 믿습니다.

3

시가 총체적 진실을 추구하는 인간 정신의 노력이라면 말할 것 없이 시란 그 본질이 모순의 원리에 존재할 것입니다. 실제로 아리스토텔레스의 『시학』 이후 오늘날에 이르기까지 대부분의 시론가들은 시의 본질을 모순의 조화라는 개념에서 찾아왔습니다. 구조나 상상력 혹은 언어적인 차원 등에서 시를 설명하는 가령 '아이러니', '역설', '텐션(tension)', '통합(unity)', '이원적 대립(binary opposition)', '전도(conversion)', '공간적 형식(spatial form)', '등가성의 반복(repetition of equivalence)'과 같은 개념이 모두 그러합니다. 각개 시론의 독특한 개성이 있음에도 불구하고 그들은 원칙적으로 이렇게 시란 서로 이질적인 것 혹은 모순되는 것들이 하나로 조화되는 질서에 있다는 사실에서만큼은 모두 공인하고 있는 것입니다. 그렇다면 이와 같은 시의 본질이 그 시를 향유하는 인간의 삶에 어떤 영향을 미칠 수 있을까요. 이는 물론 넓은 의미에서 시가 인간의 삶에 끼치는 효용성 즉 시의 기능이라는 문제와 관련이 됩니다.

이질적이거나 적대적인 요소 혹은 가치들의 조화라는 시의 본질은 그 수용자 혹은 향유자들이라 할 인간의 삶을 갈등과 대립의 관계로부터 화해와 사랑의 원리로 통합시키는 기능을 갖습니다. 그것은 시의 이 같은 원리가 그 수용자인 인간의 정신을 깨우쳐 지금까지 부분적 삶의 진실 속에 함몰되어 이기적이고도 도구적인 삶 — 하이데거의 용어를 빌리자면 일상인(Das Man)으로 사는 삶 — 에 도취된 인간을 보다 총체적이고도 실존적인 삶의 경지로 향상시킴을 의미합니다. 즉 지금까지 삶의 총체적 진실에 대해 무지 혹은 무관심했던 일상인들에게 크든 작든 혹은 직접적이든 간접적이든 하나의 깨우침 혹은 충격을 줌으로써 그들을 부분적 진리가 지배하는 세계로부터 총체적 진리가 지배하는 세계로 초극하게 만든다는 사실입니다. 우리는 그와 같은 정신현상을 '감동'이라 부르는지도 모르겠습니다.

앞에서 설명했듯이 부분적 진리란 논리적입니다. 그것은 대립된 가치들을 하나로 조화 혹은 통합시킬 수 없습니다. 앞은 항상 앞이며 뒤는 항상 뒤입니다. 미움은 항상 미움이며 사랑은 항상 사랑입니다. 원수는 항상 원수, 친구는 항상 친구입니다. 그러므로 부분적 진리가 지배하는 세계는 삶의 갈등과 대립과 분열을 근본적으로 치유할 수 없습니다. 그러나 총체적 진실이 지배하는 세계는 다릅니다. 본질이 그러하듯 거기에서는 대립되고 적대적인 모든 것들이 하나로 조화 통일되기 때문입니다. 사랑과 미움이, 적과 친구가, 분노와 용서가 하나로 일원화됩니다.

그러므로 이 같은 총체적 진실을 본질로 한 시가 인간의 분열되고 대립된 삶을 화해와 용서와 사랑의 삶으로 승화시킬 수 있다는 것은 너무도 당연하지 않습니까. 그것은 한 편의 시를 이루어내는 본질적 요소들 즉 사유, 상상, 언어, 정서 등이 자연스럽게 그 향유자의 삶에 스며들어 이를 사회적, 존재론적으로 변혁시키는 데서 가능합니다. 마리놉스키(Malinowsky)는 이를 문학의 원형이라 할 신화에서 해명하였으며 리쳐즈(Richards)나 하르트만(Hartmann) 같은 20세기의 주요한 비평가들은 그것을 이미 시의 효용성으로 설명한 바 있습니다. 구체적으로 전쟁과 관련된 경우를 예로 든다면 — 특별한 목적시나 어용시가 아닌 한 — 시란 그 어떤 것도 반전시反戰詩나 휴머니즘의 노선에서 벗어나지 않는다는 것도 그러한 예 가운데 하나일 것입니다.

　일반적으로 시는 그 안에 반영 혹은 언급된 이념이나 메시지의 차원을 논하기 전에 이미 이렇듯 그 존재 자체가 인간의 삶을 분열과 대립과 적대의 관계로부터 화해와 사랑과 평화의 삶으로 나아가게 만드는데 결정적으로 기여하고 있습니다. 시적인 사고, 시적인 상상력, 시적인 정서, 그리고 시적인 언어가 지닌 효용성의 하나가 여기에 있는 것입니다.

※ 이 글은 2005년 8월 11일~15일 만해사상실천선양회 주최로 신라호텔에서 열린 세계평화시인대회(International Poetry Festival for World Peace)에서 프랑스의 쟝 미셸 몰프와(Jean-Michel Maulpoix), 노벨수상시인 올레 소잉카(Wole Soyinka), 미국계관시인 로버트 핀스키(Robert Pinsky) 등과 함께 「평화와 화해로서의 시의 기능(The Function of Poetry as Maker of Peace and Reconciliation)」이란 제목으로 발표한 세미나 원고임.

오 세 영

연 보

1942년 5월 2일 해주海州 오씨吳氏 병성炳成을 아버지로, 울산蔚山 김씨金氏 경남璟男을 어머니로 전남全南 영광靈光(묘량면 삼효리 석전 68번지)에서 무녀독남無女獨男 유복자로 출생했으나 백일이 지난 뒤부터 외가에서 성장함. 외가外家의 중시조 하서河西 김인후金麟厚를 배향한 장성長城(황룡면 신호리 소래마을)의 필암서원筆巖書院 근처에서 유년시절을 보냄. 이후 광주(光州 1951~52), 전주全州(1953~60) 등지에서 청소년기를 보냄. 선비적 동경은 외가의 법도에서, 예술적 동경은 고독했던 환경에서 길러진 것이라고 생각함.

1960년 장성 월평초등학교(1, 2, 3학년), 광주 수창초등학교(4, 5학년) 전주 완산초등학교(6학년)와 전주 신흥중학교를 거쳐 전주 신흥新興고등학교를 졸업. 한국 전쟁으로 집안이 몰락해 대학 입시를 포기하고 방랑.

1961년 서울 체류 중 아르바이트 등에 의한 대학 진학의 가능성을 발견하고 홀로 독학, 서울대학교 문리과 대학 국문학과 입시에 합격함. 모교 은사들의 성금으로 등록.

1964년 대학보건소에서 전체 학생을 대상으로 매년 2월 실시하는 검진에서 우연히 폐 침윤상태의 경증 결핵 감염이 발견되어 성실한 치료에 응하면 6개월 안에 완치된다는 진단을 받았으나 본인의 나태한 생활 습관과 불안정한 생활로 장장 7년 동안 앓고 결국 완치함.

1965년 서울대학교 문리과대학 국문학과 졸업. 공채에 응모 영어, 수학, 국어, 성경 등 네 과목의 시험을 치른 뒤 합격하여 전주 기전紀全여자고등학교(교장 조세환) 국어교사로 부임. 고2 담임을 맡고 고 2 국어와 고 3 국문학사, 중 2 수학과 영어를 담당. 당시 고 3인 소설가 최명희, 고 2인 수필가 이은영을 가르침. 동료교사였던 시인 이향아씨와 이운룡 씨, 소설가 오승재 씨 그리고 신흥고등학교 교사였던 시인 허소라 씨 등과 교우. 4월 박목월朴木月 선생에 의해서 <현대문학>지의 초회 추천을 받음. 추천작은 「새벽」.

1967년 기전여자고등학교 사임. 서울 보성保聖여자고등학교 (교장 김정순) 교사 부임. 이 학교엔 소설가 김용운, 시인 정진규, 서예가 김양동 씨도 있었음. 문예반에서 당시 중 2학년이던 아동문학가 이규희를 만남.

1968년 1월 <현대문학>지에 추천이 완료됨. 추천작은 「잠깨는 추상抽象」 외 1편. 3월 서울대학교 대학원 석사과정 국문과 입학.

1970년 4월 심장판막증으로 오랫동안 고생하시던 모친 사망. 처녀시집 『반란하는 빛』(서울: 현대시학사, 1970) 출간. 가을에 임보, 김춘석, 이건청, 신대철, 조정권, 이시영 등과 동인지 <육시六時>를 간행하였으나 2회 발간 뒤 본인과 이건청이 <현대시現代詩> 동인에 참여하면서 해체됨.

1971년 서울대학교 대학원 국문학과 석사과정 졸업. 문학
석사. 학위 논문 「이미지구조론」은 서울대학교 국
문학과 현대문학 연구논문집 「현대시연구」 시리즈
제1집이 되어 이후 오늘에 이르기까지 계속 발간되
고 있음. 전년도 어머니의 죽음으로 인해 봄부터 1
년 동안 심한 우울증과 불면증을 앓음. 서울대학교
문리과대학 무급 조교 발령. 12월 전주全州 이씨李氏
봉주鳳柱와 결혼.

1972년 그전부터 우의를 나누고 있었으나 동인지 <현대시
現代詩> 25집부터 정식 동인으로 참여. 서울대 조교
를 사직하고 인하대학교와 단국대학교 등에서 시간
강사로 전전.

1973년 9월 첫 딸 하린夏潾 출생. 6월부터 8개월간 방위병
으로 군 복무.

1974년 1973년 8월 공채모집에 응모하여 전공영어, 교양
영어, 제2외국어(불어), 전공 등 네 과목을 처음엔
총무과장 감독 하에, 두 번째는 직접 총장(박희범)
감독 하에(1974년 2월) 총장 부속실에서 두 번씩
이나 장장 각각 네 시간에 걸쳐 시험을 보고 선발
되어 간신히 충남대학교 문리과대학에 전임강사로
부임(3월). 같은 과에 소속되어 있던 최원규 교수,
같은 입사 동기인 김병욱 교수, 교양과정부에 재직
했던 송재영 교수, 의과대학의 손기섭 박사 및 이
지역에 주거하던 박용래, 한성기, 임강빈, 조남익,
이가림 시인 등과 교우. 특히 손 박사를 알게 된 것

은 좋은 인연의 하나였음. 서울대학교 대학원 국문학과 박사과정 입학. 가을 어느 날 <자유실천문인협회> 창립 발기인으로 참여.

1975년 1월 동아사태 기간 중 자유실천문인협회가 <동아일보>를 지원하기 위하여 광고지원 형식의 성명서를 발표하자 지금까지 비밀에 부쳤던 발기인 명단이 공개되어 공무원(국립대 교수)이 정치에 참여했다는 이유로 충남 정보기관의 문초를 받음. 대학신문 청탁으로 4·19 기념시를 썼는데, 그 원고를 편집부의 데스크에서 미리 읽은 학생처장이 긴급조치 9호에 위반되는 내용이라며 당국에 고발하겠다고 해서 곤욕을 치르고 당시 의대학장이던 손 박사 등이 개입, 간신히 무마시킴. 9월 둘째 딸 지혜智惠 출생.

1977년 가을 숭전대학교 대전 캠퍼스(현재 한남대학교) 국문과 교수로 재직 중인 김대행 교수의 협조로 모교인 서울대 교수(전광용, 정한모)와 현대문학전공 선후배(선배교수들로는 구인환, 김은전, 김용직, 이재선, 박철희, 김상태, 주종연, 윤홍로 등이 있었음) 대부분을 공주의 동학사 호텔로 초청하여 「한국현대문학연구회」라는 학술 단체를 만들고 초대 회장으로 전광용 교수를 추대함. 이 학회는 후에 「한국현대문학회」로 개칭되어 오늘에 이름.

1980년 서울대학교에서 문학박사 학위 취득. 3월 아들 홍석烘錫 출생. 학술저서 『한국낭만주의시 연구』. (서

울: 일지사, 1980) 상재. 5월 전두환 신군부의 집권
에 반대한 충남대학교 교수들의 민주화 선언을 주
도했다는 이유로 교수 6분과 함께 보안사 충남지부
에 끌려가 일주일간 고초를 당함. 이 일로 교수 두
분(황성모, 이종수)이 소위 숙정을 당해 사직하고
본인을 포함 4명은 훈방됨.

1981년 전년도의 사건의 후유증 때문에 충남대학교 문과대
학 부교수를 스스로 사임하고 3월 단국대학교 문리
과대학 부교수로 취임(총장 장충식). 대전시 오류
동에서 서울시 관악구 봉천4동 1561-1로 이사.

1982년 제2시집 『가장 어두운 날 저녁에』(서울: 문학사상
사, 1982) 출간. 김광림, 이형기, 허영자, 이건청,
김종해, 강우식 시인 등과 함께 타이베이에서 대만
의 진충무陳忠武, 일본의 아키야(秋谷豊) 시인들과
더불어 '아시아시인회의'의 창립에 참여함.

1983년 시집 『가장 어두운 날 저녁에』로 제15회 시인협회
상을 수상. 시론집 『서정적 진실』(서울: 민족문화
사, 1983) 상재. 평론집 『현대시와 실천비평』(서
울: 이우출판사, 1983) 상재.

1984년 『현대시와 실천비평』으로 제4회 녹원綠園문학상 평
론부문 수상.

1985년 3월 단국대학교 문리과대학 부교수를 사직하고 서
울대학교 인문대학 국문학과 조교수로 부임(같은

국립대학인 충남대에서 이미 5년 전 부교수였고 단
국대에서는 한 달 후 정교수 승진이 예정되어 있었
지만 어쨌건 현재 상태가 부교수라는 이유로 서울
대에서 한 등급 낮추어 조교수로 임명된 것임. 나중
에 알게 된 사실인데 당시 서울대 인문대는 타 대
학에서 영입된 교수는 무조건 직급을 한 단계 강등
시키는, 이상한 관례가 있었음. 총장은 박봉식). 첫
번째 선시집 『모순의 흙』(서울: 고려원, 1985) 출간.

1986년 제3시집 『무명연시無明戀詩』. 서울: 전예원 상재. 3월
한국시인협회 사무국장(회장은 김춘수).

1987년 시인협회 사무국장이라는 직위로 소년한국일보 사
장인 김수남 씨의 협조를 얻어 매년 11월 1일(「해
에게서 소년에게」가 발표된 <소년지>의 창간 발행
일)을 시의 날로 제정하고 11월 1일 동숭동의 문예
진흥원 강당에서 이의 선포식을 가졌음. <한국일보
사>는 9월 시인협회 후원으로 세종문화회관에서
<시인만세>라는 제명의 제1회 시의 날 창립 기념
시의 축제를 성대히 가졌으나 정작 본인은 아이오
아대학 국제창작 프로그램에 참여 중이어서 참석지
못함. <문학사상>사 제정 제1회 소월시문학상 수
상. 미국 아이오아(Iowa) 대학의 국제 창작프로그
램(International Writing Program)에 참여.

1988년 제4시집 『불타는 물』(서울: 문학사상사, 1988) 상
재. 평론집 『한국현대시의 행방』(서울: 종로서적,

1988) 상재. 학술서 『문학연구방법론』(서울: 이우
출판사, 1988) 출간.

1989년 학술서 『20세기 한국시 연구』(서울: 새문사, 198
9), 시론집 『말의 시선』(서울: 혜진서관, 1989) 상
재. 첫 수필집 『사랑에 지친 사람아 미움에 지친 사
람아』(서울: 자유문학사, 1989) 간행. 서울시 서초
구 방배동 541-196으로 이사.

1990년 제5시집 『사랑의 저쪽』(서울: 미학사, 1990) 상재.

1991년 두 번째 선시집 『신神의 하늘에도 어둠은 있다』(서
울: 미래사, 1991) 상재. 평론집 『상상력과 논리』
(서울: 민음사, 1991) 상재. 한국과 유고의 국교 개
설 기념 문화 교류의 일환으로 유고 공화국 문화부
초청을 받아 마케도니아 스트루가 문학축제에 참여
해서 한국 시를 소개하고 세미나에서는 프랑스 비
평가 앙리 메쇼닉 등과 함께 「현대 서구문명의 위
기와 동아시아 문화」라는 주제의 논문을 발표함.
항공편으로 유고의 베오그라드에 가다가 들른 러시
아에서 고르바초프의 자본주의 노선에 반대한 군부
쿠데타가 발생. 투숙지가 러시아 백악관과 마주한
모스크바 강 대안의 우크라이나 호텔이어서 탱크
포격을 생생히 목격함.

1992년 제6시집 『꽃들은 별을 우러르며 산다』(서울: 시와
시학사, 1992) 상재. 제4회 정지용문학상 수상. 제
2회 편운문학상 평론부문 수상.

1993년 『문학연구방법론』을 시와 시학사에서 증보 재판.

1994년 제7시집 『어리석은 헤겔』(서울: 고려원, 1994) 상
재. 제8시집 『눈물에 어리는 하늘 그림자』(서울: 현
대문학사, 1994) 상재. 『꽃들은 별을 우러르며 산
다』가 일본의 여류 시인 나베쿠라 마스미(鍋倉ます
み) 여사의 번역으로 도쿄 자양사紫陽社에서 출간됨.
뉴욕 주립대학교 스토니 부룩 캠퍼스 한국학 센터
간행의 한국학 총서 문학편 『한국문학 강의』 저술
에 참여. 서울 대학교 인문대학 정교수 승진. 서울
정도 600주년 기념 '자랑스러운 서울 시민'으로 추
대됨.

1995년 전예원에서 출간했으나 출판사의 도산으로 사장되
었던 제3시집 『무명연시』를 현대문학사에서 복간
함. 한국시인협회(회장은 이형기) 상임위원장으로
추대됨. 그러나 이해 12월 버클리대학 초빙교수로
부임하게 되어 1년 뒤 사임하고 남은 임기를 다른
시인에게 물려줌. 일 년간 미국 캘리포니아 주립대
학교 버클리 캠퍼스(U. C. Berkeley) 동아시아어
과에서 한국 현대문학을 강의. 동 아시아어과 한국
학센터 주최 랭카스터 교수의 주도로 버클리대 동
창회관에서 시 낭독회 개최.

1996년 평론집 『변혁기의 한국 현대시』(서울: 새미, 1996)
상재. 학술서 『한국근대문학론과 근대시』(서울: 민
음사, 1996) 상재. 동아일보사 일민재단 제정 제2

회 일민펠로우십 수상. 그 상금으로 익년 1월과 2월 두 달간 중동 및 아프리카 여행.

1997년 세 번째 선시집 『너 없음으로』(서울: 좋은 날, 1997) 상재. 제9시집 『아메리카시편』(서울: 문학동네, 1997) 상재. 처녀시집 『반란하는 빛』도 같은 출판사에서 복간함. 원래 종렬로 조판했던 시집을 횡렬로 조판하자니 작품량이 부족해서 제2시집의 일부 작품을 추가함. 옥타비오 파즈(Octavio Paz)의 추천으로 그의 출판사인 멕시코의 귀향 (Vuelta)사에서 스페인어 번역시집 『신의 하늘에도 어둠은 있다』(Oh, Sae-young. *E l Cielo de Dios También Tiene Oscuridaad*, Traducción Joung, Kwon Tae, Raúl Aceves. México, D,F.: Vuelta, S. A. de C. V. 1997.)가 출간됨. 과달라하라 멕시코 북페어에서 과달라하라대학교 문학연구소 주최로 출판 기념회 개최. 옥타비오 파즈의 추천으로 그 자신이 주간인, 스페인어 권의 대표적인 문학계간지 <귀향>(Vuelta)지에 「별」 「사랑」 「시」 등이 특집으로 소개됨(Oh, Sae-young. *Estrella, Amor, Poema*. Traduccion de Joung Kwpn Tae Vuelta. Diciembre de 1996, Número 241). 방배동의 구옥을 허물고 새집을 신축함. 고려대의 최동호 교수, 경희대의 김재홍 교수 등과 함께 「한국시학회」를 창립하여 초대 회장에 김용직 서울대 교수를 추대. 중학교 2학년 국정국어교과서에 시 <음악>이 수록됨. 6월

2일 한국기술교육대학 고용노동연수원(구 노동교
육원) 원가 작사(정두기 작곡).

1998년 9월 『한국현대시 분석적 읽기』(서울: 고대출판부,
1998) 간행.

1999년 3월 『먼 그대』라는 제목의 시선집이 독일어로 번역
출간됨(Oh, Sae-Young. *Das ferne Du.*-먼 그대-
Trans, W. S. Roske Cho. Göttingen: Peperkorn,
1999). 4월 제10시집 『벼랑의 꿈』(서울: 시와 시학
사, 1999) 출간, 6월 제7회 공초空超문학상 수상. 6
월 한국시학회 제2대 회장 취임.

2000년 5월 두 번째 수필집 『꽃잎우표』(서울: 해냄출판사,
2000) 발간, 8월 제3회 만해상 문학부문 대상 수
상. 7월 『유치환』(서울: 건국대학교출판부, 2000),
『김소월, 그 삶과 문학』(서울: 서울 대학교 출판부,
2000) 출간, 12월 시집 『무명연시』와 『사랑의 저
쪽』이 독일에서 번역 출간(Oh, Sae-young. *Liebe
sgedichte eines Unwissenden.*(무명연시) Trans.
Roske Cho. Göttingen: Peperkorn, 2000, Oh, S
ae-young *Gedichte jenseits der Liebe*(사랑의
저쪽) Roske Cho. Göttingen: Peperkorn, 2000)
텔아비브에서 출판된 한국시선집 『한국인의 사랑』
에 작품 소개 דחואטה קוביכיקה תאצוה Tel Aviv: Haki
bbutz Hameuchad Publishing Ltd. 2000 한국시
인협회 심의위원장(회장은 허영자)으로 추대됨.

2001년 12월 제11시집 『적멸의 불빛』(서울: 문학사상사, 2
001) 출간.

2002년 5월 어머니 고 김경남金璟男 여사에게 백산白山장한
어머니상이 추서됨. 네 번째 시선집 『잠들지 못하
는 건 사랑이다.』(서울: 책만드는집, 2002) 출간. 6
월 시론집 『시의 길, 시인의 길』(서울: 시와 시학사,
2002), 비평서 『20세기 한국시의 표정』(서울: 새미
출판사, 2002) 간행. 6월 서울대학교 국문과 지도
학생들이 회갑기념으로 『오세영의 시, 깊이와 넓이』
(서울: 국학자료원, 2002)를 간행. 3월 금강대학교
교가 작사(이상규 작곡).

2003년 제12시집 『봄은 전쟁처럼』(서울: 세계사, 2003).
다섯 번째 시선집 『하늘의 시』(서울: 황금북, 200
3). 『한국현대시인 연구』(서울: 월인출판사, 2003).
『문학과 그 이해』(서울: 국학자료원, 2003), 세 번
째 수필집 『왈패 이야기』(서울: 화남 2003) 등 간
행. 두 권의 스페인어 번역시집(『사랑의 저쪽』『벼
랑의 꿈』)이 스페인과 멕시코에서 각각 출간됨. O
h, Saeyoung. *Sueños del barranco*. Traducción
Kim Changmin. Madrid: Verbum, 2003, Oh, Sae
young. *Más Aallá del Amor*. Traducción Joung,
Kwon Tae, Raúl Aceves. México, D, F.: Editori
al Aldus, S.A. 2003. 9월 1일부터 6개월간 체코프
라하대학(챨스대학) 동아시아 문학부 한국학과 초
청교수. 체코의 대표적인 작가 이반 클리마(Ivan

Klima)와 대담, 「인간회복의 가능성을 찾아서」
(<시작> 2004 봄)

2004년 한국현대시 선집 『생이 빛나는 아침』(서울: 문학과
경계, 2004) 출간. 서울대학교 한국문학 연구소 소
장. 2월 한국사이버대학교 교가 작사(이영조 작곡).

2005년 영어 번역시집이 미국에서 출간됨. Oh, Sae-Youn
g. *Flowers Long for Stars.*(꽃들은 별을 우러르며
산다) Trans. Clare You & Richard Silberg. Cam
bridge: Tamal Vista Publications, 2005. 학술서
『20세기 한국시인론』(서울: 월인출판사, 2005). 비
평서 『우상의 눈물』(서울: 문학동네, 2005). 제13
시집 『시간의 쪽배』(서울: 민음사, 2005). 제14시
집 『꽃피는 처녀들의 그늘 아래서』(서울, 아침고요,
2005) 출간. 8월 11일~15일 만해사상실천선양회
주최로 신라호텔에서 열린 세계평화시인대회(Inter
national Poetry Festival for World Peace)에서
프랑스의 쟝 미셸 몰프와(Jean-Michel Maulpoix),
노벨수상시인 울레 소잉카(Wole Soyinka), 미국계
관시인 로버트 핀스키(Robert Pinsky) 등과 함께
「평화와 화해로서의 시의 기능(The Function of P
oetry as Maker of Peace and Reconciliation)」
이란 제목으로 주제 발표. 로버트 핀스키와 대담
(「세계 평화를 위한 시와 시인의 의무는 무엇인가」
<문학사상> 2005년 9월 수록). 스페인 살라망카대
학의 Alfredo Pérez Alencart와 Pedro Salvado 교

수가 편집한 세계대표시인 사화집 Os Rumos do Vento los Rumbos del Vieto에 *Canción del Viento*(바람의 노래)가 수록됨.(Oh, Sae-young. *Canción del Viento. Os Rumos do Vento los Rumbos del Vieto* Alfredo Pérez. Ed. Alencart & Pedro Salvado. Salamanca: Fundão, 2005) 이 시집은 특히 본인 자필의 한글 시원고가 안표지를 장식하고 있음.

2006년 1월 21일 버클리대 예술박물관에서 버클리대 동아시아어과 주최의 「태평양은 말하라(Speak Pacific) — 1백 년의 한국현대시」 시축제에서 로버트 핫스(Robert Hass) 잭 로고우(Zack Rogow), 브렌다 힐먼(Brenda Hillman), 제롬 로텐버그(Jerome Rothenberg), 리챠드 실버그(Richard Silberg), 죠지 라코프(George Lakoff) 등 미국 대표시인들과 함께 시 낭독. 여섯 번째 시선집(시화집) 『바이러스로 침투하는 봄』(서울: 랜덤하우스 중앙, 2006). 제15시집 『문 열어라 하늘아』(서울: 서정시학, 2006) 출간. 랜덤하우스 중앙과 <문학과 문화를 사랑하는 모임> 초대로 3월 1일부터 일주일간 서울 인사동 인사아트센터 5층 화실에서 동명의 화가 오세영吳世英과 함께 시화전 <현대문명비판시화전 — 바이러스로 침투하는 봄 문학 그림 전> 개최. 일곱 번째 시선집 『한국대표시인 101인 선집 오세영』(서울: 문학사상, 2006) 상재. 제16시집(첫 번째 시조집)

『너와 나 한 생이 또한 이와 같지 않더냐』(서울: 태
학사, 2006년) 출간. 제35대 한국시인협회 회장으
로 추대됨. 학술서『현대시와 불교』(서울: 살림출
판사, 2006) 간행. 일본의『현대시연구現代詩研究』(2
006년 9월 제57호)지에 시집『시간의 쪽배(時間の
丸木舟)』가 중국 베이징에서 간행된『신시대新時代』
지에 채미자蔡美子 씨가 번역한 대표시들이 특집 소
개됨. 제2회 백자문학상(김상옥 시조시인을 기리는
문학상) 수상.

2007년 8월『오세영 시전집』(서울: 랜덤하우스 코리아, 20
07). 수필집『멀리 있는 것은 아름답다』(서울, 작
가, 2007) 등 출간. 오세영이 존경하거나 좋아하는
고은, 이어령 등 101명의 지인들이 오세영에 대하
여 쓴 문집『오세영, 한 시인의 아름다운 사람들』
(서울: 작가, 2007) 출간. 23년 봉직했던 서울대학
교 국문학과 교수를 정년퇴임하고 명예교수로 임명
됨. 5월 함평의 나비축제 일환 한국시인협회 생태
시 축전에서 한국시인협회 회장 이름으로「생태시
선언문」을 작성 채택함.

2008년『임을 부르는 물소리 그 물소리』(서울: 랜덤 하우
스 코리아, 2008) 출간. 한국시인협회장을 사임하
고 평의원으로 추대됨(3월), 체코의 프라하에서 체
코어 번역시집 출간『적멸의 불빛』O, Se-jong. *S
větlo Vyhasnutí*. Trans. Ivana M. Gruberová, Pr
aha: DharmaGaia, 2008. 일본 도쿄에서 두 번째

시집 일역 출간 吳世榮. 『時間の丸木舟』. なべくら
ますみ譯(東京: 土曜美術社, 2008). 프랑스의 N.R.
F. 지에 「바람소리」, 「시」 등 3편의 작품 소개 *La n
ouvelle Revue Française* Avril 2008- N 585 *Po
èmes, Creémation, Bruit du Vent* Traduit Tcho
Hye-Young. 대만의 대표적인 시 계간지 <대만현
대시>에 특집으로 「그릇」 「원시」 「지상의 양식」 등
6편 소개. 吳世榮, 「地上的糧食」 「火花」 「燈火」
「器皿」 「遠視」 「江水」(金尙浩譯 『臺灣現代詩』, 第
14期 2008.6) 제4회 난고(蘭皐) 김삿갓문학상 수
상(9월 27일). 정부로부터 대한민국문화훈장 은관
을 수훈(10월 18일). 활판 한정판 시집 『수직의 꿈』
출간.

2009년 제15회 불교문학상 수상. 고산문학축전 위원장, 제
18시집 『바람의 그림자』(서울: 천년의 시작사, 200
9) 출간. 경기도 안성에 집필실 마련.

2010년 아홉 번째 선시집(생태시집) 『푸른 스커트의 지퍼』
(서울: 연인 M&B, 2010) 출간. 1월 아들 홍석(烘
錫) 결혼(신부는 조미향(趙美香). 일본 나고야대학
국제학술 심포지엄 초청 강연(「소수자 문학으로서
의 한국의 이민문학」) 한일 지식인(한국측 109인,
일본측 105인) 한일 강제합병 무효선언에 참여. 인
도 네루대학 초청 한글날 기념 강연. 제3회 한국예
술상(열린시학사 주관) 수상.

2011년 제19시집 『밤하늘의 바둑판』(서울: 서정시학사, 20
11) 발간. 제22회 김달진문학상 수상. 7월 대한민
국예술원 회원(Member of The National Academ
y of Arts). 6월 15일 더 클래식 500 사가 작사(작
곡 최영섭). 해군문인클럽 창립회원. 광주과학기술
원 교가 및 응원가 작사 11월 1 POETRY NIPPON
No. 2 일본영시협회(日本英詩協會) 발행 「봄길」 등
3편 영역 소개.

2012년 3월 Oh, Sae-young, *Songe de la falaise*, Trans.
Tcho, Hye-young. Paris, Circé, 2012 (프랑스어
번역시집 『벼랑의 꿈』. 6월 제20시집 『마른하늘에
서 치는 박수소리』(서울, 민음사)

한국 현대시 100년의 금자탑은 장엄하다. 오랜 역사와 더불어 꽃피워온 얼·말·글의 새벽을 열었고 외세의 침략으로 역경과 수난 속에서도 모국어의 활화산은 더욱 불길을 뿜어 세계문학 속에 한국시의 참모습을 드러내게 되었다.

이 나라는 글의 나라였고 이 겨레는 시의 겨레였다. 글로 사직을 지키고 시로 살림하며 노래로 산과 물을 감싸왔다. 오늘 높아져 가는 겨레의 위상과 자존의 바탕에도 모국어의 위대한 용암이 들끓고 있음이다.

이제 우리는 이 땅의 시인들이 척박한 시대를 피땀으로 경작해온 풍성한 시의 수확을 먼 미래의 자손들에게까지 누리고 살 양식으로 공급하는 곳간을 여는 일에 나서야 할 때임을 깨닫고 서두르는 것이다.

일찍이 만해는 「님의 침묵」으로 빼앗긴 나라를 되찾고 잃어가는 민족정신을 일으켜 세우는 밑거름으로 삼았으며 그 기름의 뜻은 높은 뫼로 솟아오르고 너른 바다로 뻗어나가고 있다.

만해가 시를 최초로 활자화한 것은 옥중시 「무궁화를 심고자」(《개벽》 27호 1922. 9)였다. 만해사상실천선양회는 그 아흔 돌을 맞아 만해의 시정신을 기리는 일의 하나로 '한국대표명시선100'을 펴내게 된 것이다.

이로써 시인들은 더욱 붓을 가다듬어 후세에 길이 남을 명편들을 낳는 일에 나서게 될 것이고, 이 겨레는 이 크나큰 모국어의 축복을 길이 가슴에 새겨나갈 것이다.

한국대표명시선100 | 오 세 영

천년의 잠

1판1쇄 발행 2012년 10월 2일
1판2쇄 발행 2013년 10월 15일

지 은 이 오 세 영
뽑 은 이 만해사상실천선양회
펴 낸 이 이 창 섭
펴 낸 곳 시인생각
등   록 제127-34-51037호(2012.7.9)
주   소 경기도 양평군 옥천면 고읍로 164
          ㉾476-832
전   화 (031)955-4961
팩   스 (031)955-4960
홈 페 이 지 http://www.dhmunhak.com
이 메 일 lkb4000@hanmail.net

값 6,000원

ⓒ 오세영, 2012
ISBN 978-89-98047-06-1 03810

※ 이 책은 만해사상실천선양회의 지원으로 간행되었습니다.